F. BOISSONNEAU

LAURÉAT DE L'ACADÉMIE DES BELLES-LETTRES DE BORDEAUX.

A MONSEIGNEUR

LE COMTE DE CHAMBORD

BORDEAUX

IMPRIMERIE DE LA GUIENNE

RUE GOUVION, 20.

1875

F. BOISSONNEAU

LAURÉAT DE L'ACADÉMIE DES BELLES-LETTRES DE BORDEAUX.

A MONSEIGNEUR

LE COMTE DE CHAMBORD

Bordeaux. — Imp. Adrien Boussin, rue Gouvion, 20.

A MONSEIGNEUR

LE COMTE DE CHAMBORD

« La parole est à la France et l'heure est à Dieu. »

(Mgr le Comte de Chambord.)

MONSEIGNEUR,

La parole à la France ! Et c'est vous qui le dites

Quand cette France, hélas ! doit se taire et rougir,

Et que, portant le joug des nations maudites,

Cette France n'a plus que le droit de mourir !

La parole à la France ! Ah ! que sa voix éteinte

Ne frémisse jamais dans son aride flanc !

Quand la France a ployé sous une infâme étreinte,

A-t-elle encor du souffle, a-t-elle encor du sang ?

Non ! la France n'a rien, pas même la parole !
Ce qu'elle a maintenant, nous en savons le prix ;
C'est un nom sans prestige, un front sans auréole,
Un souvenir qu'on jette en pâture au mépris !

La Révolution y passe triomphante
Avec son noir cortége et de honte et de deuil ;
Et la honte et le deuil que partout elle enfante
N'y sont pas assez grands pour égaler l'orgueil !

L'heure à Dieu, Monseigneur ! Mais Dieu n'a plus une heure
Pour marquer le salut d'un peuple révolté !
Où glisse le pardon, la vengeance demeure ;
Si Dieu n'a plus le temps, il a l'éternité !

L'heure à Dieu pour un peuple où la licence même
S'étonne de franchir tous les plus hauts sommets !
Pour un peuple nourri de doute et de blasphème,
L'heure à qui l'on voudra,... mais l'heure à Dieu, jamais !

Non jamais ! quand toujours l'heure des Saturnales
De cette heure sacrée a pu se faire un jeu.
Quand la France a pavé ses chemins de scandales,
Dieu n'a plus rien aussi pour qui n'a pas de Dieu.

Serait-il vrai ! le mal aurait-il du génie
Au point d'anéantir notre dernier espoir ?
Entre la France et Dieu n'est-il plus d'harmonie ?
Sont-ils enfin perdus, l'honneur et le devoir ?

Non ! tout n'a pas sombré dans l'immense naufrage ;
Non ! le gouffre béant n'a pas dévoré tout :
Au-dessus de l'abîme une France surnage ;
Une France se lève, une France est debout !

C'est elle, Monseigneur, c'est elle qui sent battre
Dans sa large poitrine un cœur si généreux.
La reconnaissez-vous, la France d'Henri-Quatre,
Noble comme l'était la France de nos preux ?

Et c'est la vôtre aussi, cette France immortelle
Qui marche droite et ferme où le veut son destin ;
Celle-là doit parler, celle-là vous appelle,
Car vous êtes son rêve et son rêve sans fin.

Qui pourrait dominer la voix de la Patrie ?
Serait-ce le vain bruit des orageux partis ?
Elle parle plus fort lorsqu'elle est plus meurtrie,
Afin de mieux dompter les plus vils appétits.

O Patrie ! ô Patrie ! ô mot des grandes choses !
Quelle loi planerait au-dessus de ta loi ?
Cause de la Patrie, entre toutes les causes
En fut-il jamais une aussi sainte que toi ?

Patrie ! ô mère auguste ! on dit que tu succombes ;
On dit que tu n'as plus tes valeureux enfants ;
Tu les verrais plutôt s'élancer de leurs tombes
Pour te faire un rempart de leurs bras triomphants !

Car tout réside en toi, magnifique héritage,
Terre où nous sommes nés, où nous devons mourir :
Les sublimes leçons, les vertus, le courage
Qu'on peut nous envier et non pas nous ravir ;

Oui, tout réside en toi : l'ombre majestueuse
Des ancêtres couchés dans leurs vastes sillons,
Et le foyer paisible où leur âme pieuse
Semble encor protéger la place où nous veillons ;

Nos rêves les plus chers, nos bonheurs domestiques,
Notre foi, notre amour, nos intimes regrets,
Nos souvenirs sacrés, nos combats héroïques,
Tous nos espoirs déçus et tous nos maux secrets ;

Nos travaux, nos succès, nos revers, notre histoire,
Et tous nos monuments dont l'âge est éternel,
Et notre vieille épée et notre vieille gloire ;
-Les Arts, la Poésie et le Trône et l'Autel !

Patrie ! Ah ! Monseigneur, tout cela dit : Patrie !
Et tout cela se dresse imposant et viril,
Et tout cela proteste et se lamente et prie,
Et tout cela s'indigne en face de l'exil !

Ah ! tout cela vous dit que le moment suprême
Avance plus terrible en étant plus certain,
Et qu'il nous faut grandir plus que le danger même,
Si nous voulons avoir encore un lendemain ;

Oui, tout cela vous dit que l'Allemagne impie,
Après son vil triomphe, après ses lâchetés,
Dans son enivrement ne s'est pas assoupie
Et qu'elle a dans ses yeux d'autres cupidités.

C'est peu d'avoir ainsi déchiré nos entrailles,
D'avoir tout profané, tout souillé, tout flétri :
Quand l'Allemagne aura sonné nos funérailles,
Sa rage n'aura plus à jeter un seul cri.

Alors cet aigle noir, dans sa suprême audace,
Toujours plus monstrueux couvrira notre sol ;
Et puis nous entendrons : « Voyez comme j'efface
» Le nom d'un grand pays, à l'ombre de mon vol. »

Ah ! s'ils doivent venir ces jours les plus funèbres,
Et si nous sommes faits pour les derniers excès,
O soleil, cache-toi ! Répandez-vous, ténèbres :
Je veux mourir avant de n'être plus Français !

Mais ils ne viendront pas ces jours où le mensonge
Dans ses fers impuissants tiendra la Vérité ;
Je n'ai vu ces horreurs qu'au milieu d'un vain songe :
La Vérité sera toujours la Liberté.

C'est alors, dans ces jours où tous les sacriléges
Pour briser tous les freins n'attendront qu'un signal,
C'est alors qu'on verra, foudroyés sur leurs siéges,
Se rouler dans leur sang tous les princes du mal.

Dieu se sera levé terrible sur la nue
Où le monde abusé le croyait endormi ;
Dieu parlera : son heure enfin sera venue,
Et la mort volera dans le camp ennemi.

Salut, heure de Dieu ! Salut, heure féconde !
Tout répète : Salut ! Béni soit ton retour ;
Béni pour tes trésors de sagesse profonde ;
Béni pour la justice et béni pour l'amour.

Heure de Dieu, dis-nous quelle sera ta force,
Quel sera ton agent le plus accrédité ;
Iras-tu chercher l'homme étouffé sous l'écorce
De son dur égoïsme et de sa vanité ?

Il te faut plus que l'homme ; il te faut le principe :
Le principe est du ciel et l'homme est d'ici-bas ;
L'homme passe, il faiblit, il abuse, il dissipe ;
Mais le principe reste et seul ne fléchit pas.

C'est donc vous, Monseigneur, vous seul et pas un autre,
C'est vous qui figurez dans le plan éternel ;
L'heure de Dieu sera fidèlement la vôtre,
Quand Dieu devra sauver le peuple d'Israël.

Vous le verrez agir, Dieu le grand politique ;
Il s'en ira bravant les océans de feu,
Renversant les pouvoirs et heurtant la logique :
Il est une heure enfin où Dieu veut être Dieu.

Il s'en ira là-bas, sur la terre où vous êtes ;
A vous-même ce Dieu saura vous arracher ;
Comme il disait jadis à l'un de ses prophètes,
Il vous dira : « Marchons ! » Il faudra bien marcher !

Et Dieu vous conduira. Point d'obstacle aux frontières ;
Tout y sera confus, muet, déconcerté :
Dieu passe, et quand Dieu passe il n'est plus de barrières,
Plus de consigne, il n'est rien que sa volonté.

Et vous viendrez ainsi jusqu'au sein de la France :
Les nuages blafards sont pleins de grondements ;
Toujours plus furieux le tourbillon s'avance ;
Et c'est un champ profond tout couvert d'ossements.

Entre Dieu même et vous un colloque va suivre
Où tous les mots humains n'ont rien à définir :
— « Penses-tu, dira Dieu, que ces os puissent vivre ?
— » Vous le savez, Seigneur ; vous lisez l'avenir.

— « Eh bien ! sur tous ces os à l'instant prophétise :
» Os arides ! voici la parole de Dieu :
» Je répandrai sur vous des nerfs que rien ne brise,
» Et sur vous je ferai croître des chairs de feu.

» Et j'étendrai sur vous la peau la plus vermeille,
» Et je vous donnerai la vie et la splendeur ;
» Lorsque vous sentirez en vous cette merveille,
» Vous apprendrez enfin que je suis le Seigneur !

A peine avez-vous dit, « Un étrange murmure

» Se fait, et puis se fait un vaste ébranlement,

» Et les os vers les os, chacun à sa jointure,

» S'élancent, étonnés d'un pareil mouvement !

» Et vous voyez alors, en moins d'une minute,

» Et les nerfs et les chairs revêtir tous ces os ;

» Pour les couvrir aussi la peau se les dispute ;

» Mais eux, sans vie encore, ils gardent leur repos. »

Et Dieu : « Dicte à l'Esprit ma volonté suprême :

» Esprit, ne tarde plus et viens des quatre vents ;

» Passe au milieu du champ avec ta force extrême ;

» Souffle sur tous ces morts et qu'ils soient tous vivants. »

A peine avez-vous dit « l'Esprit se fait docile ;

» Il pénètre ces corps, ces corps vivent soudain ;

» Sur leurs pieds affermis se levant par cent mille,

» Ils sont la grande armée, effroi du genre humain.[1] »

(1) Bible : Ezéchiel, chap. XXXVII.

Te voilà renaissant de ta propre poussière;
Te voilà revêtue et de force et d'éclat;
Parmi les nations, te voilà la première;
O France! te voilà prête pour le combat!

Non! prête pour la paix, sur les hauteurs sereines
Où nous n'entendrons plus mugir les passions,
Où ne jaillira plus tout le sang de nos veines
Pour éteindre l'ardeur de nos divisions.

Ah! tombez maintenant, tombez, vaines idoles;
La France ne veut plus courir à vos autels,
Ni consulter jamais vos oracles frivoles,
Ni jamais se souiller à vos plaisirs mortels;

Tombez, erreurs; tombez, orgueilleuse science,
Enseignement pervers, levain empoisonné;
Tombez, fausse morale et fausse conscience,
Et que tout meure en vous avant que d'être né;

Tombez, honneurs vendus, tombez avec vos crimes,

Avec vos trahisons et toutes vos noirceurs ;

Tombez ! roulez encor plus bas dans vos abîmes ;

La France a pour toujours regagné ses hauteurs.

Et là, dans l'Unité, seul nœud qui nous resserre,

Nous n'aurons plus qu'un Dieu, nous n'aurons qu'une Loi ;

Et, du ciel ne pouvant plus séparer la terre,

Nous n'aurons qu'un Principe et nous n'aurons qu'un Roi. [2]

Israël, ce jour-là, dilatera ses tentes.

Ce jour-là, Monseigneur, est le jour de nos vœux,

Le jour de l'hosanna, des bannières flottantes,

De l'encens qui se mêle aux cantiques pieux.

(2) Et unus rex erit omnibus imperans.

(Bible : Ezéchiel, chap. XXXVII, v. 22).

(Οὐκ ἀγαθὸν πολυκοιρανίη·) εἷς κοίρανος ἔστω,
εἷς βασιλεύς...

(Homère : Iliade, chànt II, vers 204, 205).

Oh ! nous irons à Reims, dans cette cathédrale
Resplendissante encor d'un riche souvenir ;
Le parvis trop étroit, trop étroite la dalle
S'élargiront alors pour nous mieux contenir.

Un demi-siècle sonne où dans la même enceinte
Mille fois acclamé s'avançait Charles-Dix,
Et ce fut le dernier que sacra l'huile sainte...
Où l'aïeul est venu, viendra le petit-fils.

Elle est là, l'huile sainte, immobile et glacée
Depuis un demi-siècle, et c'est un dur affront !
Et notre orgueil sera que nous l'ayons placée
Un instant sur nos cœurs, pour oindre votre front.

Et maintenant Dieu tient les hommes et les choses :
Qu'il prolonge la nuit au détriment du jour ;
Qu'il détruise encor plus les effets dans les causes ;
Qu'il verse sa colère au lieu de son amour ;

Et que toujours le droit étrange que l'on prône,

S'en aille plus suspect, sinon plus éhonté ;

Que d'obscurs prétendants envahissent le trône,

Plus écrasés toujours sous tant de majesté ;

Vous suivrez calme et fier, dans votre indépendance,

Des intérêts humains le déplorable jeu :

On est Roi quand on dit : « La parole à la France ! »

On est Roi, Monseigneur, quand on dit : « L'heure à Dieu ! »

29 Mai 1875.
Ephémérides du sacre de Charles X.